지금이 그리워지는 어느 날

지금이 그리워지는 어느 날

1판 1쇄 발행	2023년 6월 20일
지은이	이춘희
발행인	이선우
펴낸곳	도서출판 선우미디어

등록 | 1997. 8. 7 제305-2014-000020
02643 서울시 동대문구 장한로 12길 40, 101동 203호
☎ 2272-3351, 3352 팩스: 2272-5540
sunwoome@hanmail.net
Printed in Korea ⓒ 2023. 이춘희

값 13,000원

ISBN 978-89-5658-734-9 03810

지금이 그리워지는 어느 날

이춘희 시집

선우미디어 sunwoomedia

진흙에서 별을 꺼내는 감성

김정기 시인

이춘희 시인의 시 세계는 자연과 시적 상상력으로 직조된 언어를 통해 기존의 관념 체계를 무너뜨림으로써 자신만의 사유 체계를 확립해 역설도 빛을 내는 시들의 은하수다. 시인은 자신이 자각하고 있는 뒷심을 향하여 완전을 향하여 끊임없이 노력하여 나아가려는 상상력을 통해 모든 시들어 가는 것들에 활력을 불어넣는다. 이는 생명의 세계의 질서와 욕망을 생명성으로 치환하려고 하는 상상력의 전유물로 살아나게 하고 있다. 이번 시집에 인간과 자연 삶과 그리고 성장과 확대의 사이 벌어지는 팽팽한 대결 구도로서 생명성을 견인하고 있으며, 태어남과 자람의 본능을 역설적으로 체화하면서 자신과 세계를 파악하는데 새로운 시세계를 펼치고 있다. 과연 진흙 속에서 별을 꺼내는 밀도 있고 놀라운 탄력 속의 작품들이다.

머리를 스치며 지나는
날개 치는 소리
공기를 휘젓고
부수는 소리

회색과 분홍빛으로
자신의 존재를 나타내고 있습니다

잠시 잠깐 새가 되고 싶었던
이른 새벽의 바다
  - <바다 갈매기> 말미

시를 이루는 과정에서 긴장감이 만들어지고 인상적인 이미지
가 펼쳐진 바다와 갈매기는 합성어 같이 따라붙는 풍경이다. 그
것은 편안한 방식으로 시를 이끌어가면서도 자유롭고 거침없는
시행의 운용을 통해 자기의 목소리를 분명한 언어로 드러냈기
때문에 "잠깐 새가 되고 싶었던 이른 새벽의 비다"라는 표현은
더욱 시인의 감성을 응축하면서 확대되고 빛났다.

가슴 덜덜 떨리는 추운 날은
남루하나 빛났던 어린 시절 떠오른다

폭설이 휩쓸고 지나간 겨울 숲
자욱한 눈 속에 서 있는 한 그루의 겨울나무
은사 늘어진 듯, 은빛으로 빛나고
얼어붙은 대지,
모든 것 철저히 놓아버린
저 심오한 침묵
  - <겨울 나무> 중에서

때로 침묵은 사람에게도 오고 필요하고 소중한 것이다. 그 안에 담긴 목소리의 결합이 온전히 본인의 것으로 환원시키고 체화되어 하나의 세계를 이룬다.

겨울 산을 오르다 만난
흰머리 독수리
구름 뚫고 혼백처럼 나타나
태양 가까이 솟구쳐 오른다

온몸에 날개를 달고
하늘 끝에서 땅끝으로
가파른 계곡과 계곡을 너머
은빛 수목들 사이로
둥글게 둥글게
붉은 꽃잎 떨어져 나리듯
가볍고 날렵하게
춤을 춘다

만년설로 뒤덮인 록키산맥
가장 깊은 어둠으로
지구를 감싸는
독수리 한 마리

뿌우옇게 아침이 동트고 있다.
　　- <흰머리 독수리> 전문

작은 씨앗 하나로
내면에 불꽃을 간직한 나무
더러는 까맣게 썩은 것들, 더러는 가냘픈 숨소리
더운 입김으로 거푸집 만들어가며
가지마다 깨어서 밤을 지샌다.
　　- <쓰러진 나무> 중에서

　이춘희 시인의 시를 전개하는 방식의 능란함이 눈길을 끌었
다. 한 행씩 떨어뜨려 놓으면 평범해 보이는 인상이었지만, 행
과 행이 만나서 연을 이루고 한 편의 완성도 있는 시세계를 갖
추고 있다는 점에 전율하였다. 또한 고유의 시적 서사와 정서가
풍부하게 해석될 여지가 있으며, 이 시대에 대한 알레고리로 읽
힐 것을 확신한다.

　놀라운 일이 벌어졌다
　지구가 그 궤도를 바꾸었는가
　돌연 멈추어 섰다
　핀 떨어지는 소리까지 들릴 것 같은 이 적막함

　예기치 못했던 일
　절박한 질문들, 절망과 위안
　삶과 죽음,
　우리는 외딴 섬에서 서로서로 혼자 되어
　하루가 타인처럼 지나간다

그럼에도
갈매기 푸른 바다 위를 날고
햇살을 받아 반짝이는 나무와 풀꽃들

깨어진 틈 사이로 들어오는
한 줄기 빛
열병처럼 휩쓸고 지나치는
생명의 순간
    - <어느 날> 중에서

"깨어진 틈 사이로 들어오는/ 한 줄기 빛/ 열병처럼 휩쓸고 지나치는 생명의 순간" 시적인 이미지들을 가져오는 방식이 상투적이 아니라는 장점이다.

앞으로 더욱 넓은 방향으로 시세계를 확장해나간다는 예감이 샘솟는다.

끝없는 비가 내리기 시작한다 강물이 넘쳐나 제방을 터뜨리고 거센 바람 날아가 철근 담장이 휘어진다 밤새도록 철거덕거리는 문소리 창밖의 나무들 미친 듯 흔들어대더니 나동그라진다 (……) 미래에 대한 더 넓은 선택, 이웃에 대한 찬사 이 모든 것이 도움이 되리라는 색다른 기쁨, 맑아진 하늘 아래 젖은 마음과 젖은 물건들을 말린다.
    -<그해, 그 가을> 중에서

우리에게 닥쳤던 코로나 시대를 경유하면서 처음 자리에 버

것이 놓여 있던 어긋남을 응시할 줄 알았다. 젖은 마음과 젖은 물건들을 말린다.

이 구절이 특히 인상적으로 다가왔는데, 생활에 깃드는 외딴 심정을 어떻게 달래야 하는지 침착하게 궁리하는 이춘희 시인의 면모가 뚜렷하게 드러났다. 시가 다가왔다가 물러날 때마다 남기는 감정의 파동이 천천히 길게 이어져 독자의 가슴을 뭉클하게 한다.

> 번쩍이는 전기삽의 날카로운 쇳소리
> 서늘하다
>
> 겨우내 언 땅
> 깊숙이 박아넣는다
> 잔디 위에 펼쳐지는 흙 부스러기
> 소나기처럼 쏟아진다
>
> 한 삽 푹 박아넣을 때마다
> 썩은 뿌리 뽑히고
> 풀 냄새, 비료 냄새 진동한다
> 어둠 속으로 사라진, 아무것도 아닌 것들
> 땅벌레, 거미, 지렁이, 병마개, 걸레 조각, 잃어버린 인형
> 불꽃같이 일어난다
>
> 삽의 뾰족한 끝
> 바닥까지 내려가

저 깊은 뿌리에 기어이 가 닿으면
흐드러지게 활짝 피어난
숨 막히도록 눈부신 언어 하나
만날 수 있을까

바람 부는 어느 봄날의 오후.
　　- <땅을 파다> 전문

"땅을 파서 저 깊은 뿌리에 기어이 가 닿으면/ 흐드러지게 활짝 피어난 숨 막히도록 눈부신 언어 하나/ 만날 수 있을까"
　시에도 독자가 다시 돌아보도록 만드는 장력과 그를 유지하는 지구력이 있어야 한다면, 이춘희 시인의 시들은 그 힘을 안정적으로 확보하고 있다는 믿음을 주었다. "땅을 파서 숨 막히도록 눈부신 언어 하나 만날 수 있을까"라는 자신만의 화법으로 구축한 세계를 의심하지 말고 시로 하고 싶었던 묘사를 당당하고 황홀하게 말해 주고 있다.

지붕 옆 다락방, 사다리를 타고 오른다
관속처럼 답답하고 캄캄한 귀퉁이
거미줄로 덮인 묵은 상자의 먼지를 털어내며
옛 편지를 꺼내본다

50년 전 겨울, 태평양 건너
서울로 배달된 편지
순간 '번쩍' 번개 치듯 몸 달아오른다

시간은 미로와 같은 것
흐릿하게 남아있는 봉투의 소인
20대의 마지막, 젊음의 끝, 옳고 그름을 판단할 수 없었던
무서운 혼돈 속에서도 흔들리지 않는
열정으로 서성댔던 숨소리
아직도 들리는 듯하다

수많은 낮과 밤, 비와 눈과 바람 맞으며
나이 들고 바래고 닳고 낡아서
솜털처럼 가벼워진
너
나뭇가지 흔들면 우수수 떨어지는 나뭇잎으로
흩날리는 기억들, 풍화되어 물들어 간다

떠나보내기 차마 아쉬운
내 투명한 여름을.
　　- <편지> 전문

　시인이 언뜻 수월하게 읽히는 말을 맵시 있게 엮어가는 솜씨가 예사롭지 않았다. '과거'나 '미래' 등, 분명 단단하고 새로운 현실에 닿은 채 출발한 시의 시선은 지금 이곳에 정박해 있기보단 멀리까지 나아갈 줄 알았고 그를 다 경유하면서도 처음 자리에 버젓이 놓여 있던 어긋나지 않음을 응시할 줄 알았다.

　매 작품마다 마지막 구절이 특히 인상적으로 다가왔는데, 생

활에 깃드는 외딴 마음을 어떻게 달래야 하는지 침착하게 궁리하는 이의 면모가 뜨겁고 근사하게 드러났다. 시가 다가왔다가 물러날 때마다 남기는 감정의 파동이 천천히 길게 이어진 탓에 시에도 독자가 다시 돌아보도록 만드는 장력과 그를 유지하는 지구력이 있어야 한다면, 이 시편들은 그 힘을 안정적으로 확보하고 있다는 믿음을 주었다. 이야기들이 만들어지리라 믿어 의심치 않는다.

자신만의 화법으로 구축한 세계를 의심하지 말고 시로 하고 싶었던 '바로 그 일'을 더욱 자유로이 할 것을 감히 예감하게 해 주었다.

차례

15

4부 성묘와 개미

5부 겨울 아침

1부

흰머리 독수리

새벽

비쳤다
사라졌다
숨을 쉬듯 창문가에 부윰하게
일렁이는 빛과 어둠의 숨결

새빨간 바다는 청록색으로 갈라지고
갈매기의 하얀 깃털 끝에 튀어 오르는
첫 햇살
둥그런 빛 속에 떠 있는 나를 본다

멀리서 들려오는 분홍빛 가지에 우짖는 새소리,
개 짖는 소리, 닭 울음소리
더 멀리서 잠자는 아기 깨어나는 인기척 소리

죽어가는 불씨에 모여
어둠이 움트고 자라나는
경이로운 새벽이여

문득 밖으로 뛰쳐나가
닿아본 적 없는 우주의 빛 스며드는
이름 모를 꽃나무에
입맞춤한다.

크로커스

콘크리트 무거운 하늘
눈 쏟아져 내린 신새벽의 정원
보랏빛 크로커스 눈부시다

아무것도 원치 않고
아무것도 약속하지 않은 채
구슬픈 고통조차 마치 눈 녹아내리듯
어찌 저리 무심하고 단순하게 순수할 수 있을까

무릎 꿇고 자세히 들여다본다
사람의 무게를 견디지 못해
꽁꽁 언 땅 위에 홀로 서서
하얀 눈썹 치켜들며 손짓한다

무언의 속삭임
고요함 그 자체였다

요란하기 짝이 없는 비루한 전쟁보다
훨씬 가치 있는
그들의 언어

소리 없이 숨 쉬며
그 이외에는 아무것도 아닌
보랏빛 향기 나는
네 속으로 들어가 살리라.

흰머리 독수리

겨울 산을 오르다 만난
흰머리 독수리
구름 뚫고 혼백처럼 나타나
태양 가까이 솟구쳐 오른다

온몸에 날개를 달고
하늘 끝에서 땅끝으로
가파른 계곡과 계곡을 넘어
은빛 수목들 사이로
둥글게 둥글게
붉은 꽃잎 떨어져 내리듯
가볍고 날렵하게 춤을 춘다

만년설로 뒤덮인 로키산맥
가장 깊은 어둠으로
지구를 감싸는
독수리 한 마리

뿌우옇게 아침이 동트고 있다.

눈부신 낙하

아득하다 독수리 한 마리 검은 날개 쫙 펼치고 가파른 절벽 위를 유유히 맴돈다. 심장을 꿰뚫을 듯한 매서운 눈매, 벼랑 끝에 앉아있는 꼿꼿한 모습, 창공을 다스리는 제왕답다 차가운 공기 가로지르며 숲과 계곡을 넘실넘실 물결 흐르듯 흘러간다. 잠시 나래 접고 멈추어 뒷걸음질 치기도 하고 오르락내리락 빙빙 돌기도 한다. 백 년의 고독이 서린 깊은 산, 사나운 바람 일고 천 길 낭떠러지 아래로 번개 치듯 떨어져 내린다. 쏟아지는 햇살에 반짝이는 눈 덮인 나뭇가지들, 우수수 흔들리는 소리, 삶과 죽음, 위대한 추락을 꿈꾸어 왔던 것일까? 세상 슬픔 다 녹여낸, 눈부신 낙하, 장엄한 하늘의 축제, 하얗게 나도 지워지고 있다.

겨울나무

가슴 덜덜 떨리는 추운 날은
남루하나 빛났던 어린 시절 떠오른다

폭설이 휩쓸고 지나간 겨울 숲
자욱한 눈 속에 서 있는 한그루의 겨울나무
은사 늘어진 듯
은빛으로 빛나고
얼어붙은 대지 모든 것 철저히 놓아버린
저 심오한 침묵

솔방울 떨어지는 소리
낙엽 뒹구는 소리 눈 속에 묻히고
별, 하늘, 바람, 행복, 불행
모두 하나 되는 동화의 순간

새파랗게 서 있는
한 그루의 겨울나무
그토록 차갑게 빛날 수 있을까

아무 말도 하지 않음으로
모든 것을 다 말한
고독한 성자 같다.

그토록 오래 기다렸던

나무의 겨울은 언제부터일까
수천수만의 잎 다 떨구고도
흰 뼈대 하나만으로
꽁꽁 언 가슴 풀어헤치며 쩡쩡 울리게 서 있다

귀 기울여 보면 앙상한 가지 사이로 들리는
가느다란 숨소리
얼음 녹아 흐르는 소리
가느다란 잔뿌리 서로 어루만지는 소리 들린다

내가 알아들을 수 없는
가장 오래된 소리

머나먼 길을 가야 함을 안다
중요한 하이웨이를 넘어
크고 작은 도시를 가로질러서
사나운 짐승들 발자국
천둥 번개, 폭풍의 계곡을 지나
숲속에 난 작은 오솔길을 따라간다

오소리떼 지나간 트랙을 발견하고
푸릇푸릇한 이끼 사이에
파묻혀있는 돌멩이 하나
모든 것을 바꾸어 놓는다

흙에서도 뭍에서도 빛이 난다
어둠에서 이끌어낸
그토록 오래 기다렸던
너!

겨울을 꿈꾼다

한때 빙하가 있었고
그것은 구름 한 점 없는 푸른 창공을 건드렸습니다

수많은 색상 녹색과 파란색
눈에 반사된 햇빛
새하얀 털을 가진 거대한 짐승들
얼어붙은 집에서 만족하며 살았습니다

해동하는 고대 신들
따뜻한 돌풍이 나무를 흔들고
서로를 붙들고 있던 짙은 숲의 나무들
산울타리 너머로 중얼거리는 수줍은 소리
한때 웅장했던 야수들의 흩날리는 털
젖은 소나무의 황혼 속으로 사라졌습니다

굶주린 자들의 소름 끼치는 목소리
빙하 덩어리 작은 뼈들이
바닷속으로 흘러 들어가고
그것은 부서지며 울음이 되었습니다

매일 우리를 두드리는
이 유일한 삶
이제 나는 추운 계절을 갈망하는 여자가 되어
일년내내 눈 속에 갇혀 지내는 꿈을 꿉니다.

폭설

겨울이 첩첩 쌓인
길 없는 길에
소유한 것 모두 감추고
살아있는 것과 죽은 것의 경계가 사라진
광변무대한 허공의 그 허허로움
하얀 침묵이 까맣게 내려앉고 있다

하늘과 땅이 맞붙은 세계
뿌연 안개 속에 흰 뼈들 꿈틀거리고
나는 눈 속에 서 있는 눈이다

수 마일까지 내비치는 신비한 빛
깊숙이 찾아온 고요
칼에 비인 손처럼 아프다

눈물이 모여 눈이 되었을까

서늘한 감촉 나를 깨우고
파랗고 노랗고 보랏빛으로 수군대는 소리
주름진 오랜 기억들 투명해지고
천 근 같은 몸뚱이 가벼이 난다

폭설에 파묻혔던
어느 겨울날.

소포

밤새도록 눈이 내린다
수만 리까지 퍼져나간
아득한 고요
모든 언어가 사라진 세상
맨 처음 시작이 이러했을까

깊게 드리운 안개
눈물 되어 흐르고
펄얼 펄 날리는 눈송이
어미 울새 새끼를 감싸 안 듯
가벼이 가벼이 내려와 쌓인다

하늘에서 내려와 잠시 머무는
희고 차갑고 따스한
손에 닿기만 해도 부서지는
너
무엇이라 부를까

눈 내리는 날
나에게 배달된 소포.

눈으로 덮인 섬

이곳에서는 하루 종일
소리 없이 눈이 내리고
눈보라가 춤추고 떨어집니다

사슴의 발자국 따라 먼 곳까지 걸어 들어갔습니다
굵은 소나무 가지 위에
산채로 꽁꽁 얼어 붙어있는
추운 그림자 하나

아픔과 울음을 넘어선
그들의 소리 없는 찬가
아무리 큰 목소리를 가졌다 해도
이 침묵을 넘어설 수 없으리

길 속의 길
온 사방이 눈으로 막힌
아득한 소리
우리 모두 지상의 시원(始原)으로 돌아갑니다.

설산에 오르다

수천 피트 상공의
디날리 산맥 빙하 위를 날았다
거대한 얼음으로 채워진
협곡과 협곡 사이
발아래로 내려다보이는 세상은
온통 눈, 바위, 하늘뿐이다.

헬리콥터의 날개에 묻혀
펜 대신 카메라를 들고
두려움에 떠는 생각을 사진으로 간직한다

파란 하늘 뒤에는 아무것도 없는
하얀색, 더 이상 기록할 약속도 남길 색깔도 없는
내 뼛속까지 하얗게 물들게 하는
공허한 아름다움

산속의 산
첫발을 내딛고
그리움이 툭툭 떨어지는 우리는
별에 묶인다

시작도 끝도 없는 이곳의 겨울
지구의 영역 안으로 떨어지는 투명한 빛

침묵만이 존재하는
만년설로 뒤덮인 이 산속에서
다시 태어난다.

북서풍

세차고 푸른 바람 소리
외진 모퉁이에 서성이고
우윳빛 하늘 아래
눈 덮인 회색의 음영
헤아릴 수 없이 적막하기만 한
광대한 이 고요

새 한 마리 날아와 앉지 않는
깡마른 겨울나무
거의 움직이지 않고
작고 가녀린 존재로 서 있다

하늘에서 떨어진 하얀 빛 덩어리
노란빛, 주홍빛, 보랏빛 되는
마법의 순간들
은빛의 부드러운 그늘 속으로
걸어 들어간다

내 안에 녹슨 삶에의 집착
메마른 나무와 죽은 풀
썰물과 맔물

모두 다 하나 되는 느낌
쓰지 않은 페이지 사방으로 흩날린다

인간이 번역할 수 있는
가장 아름다운 겨울의 언어.

성지 순례

노트르담의 종소리
하늘을 가르고
침묵 속에 잠겨있는 영원의 도시
수백 년 된 성자의 그림자

바실리카 내부의 명멸하는 푸른 빛
촛불 높이 치켜들고 서 있는 수많은 사람
시온산을 오르듯 주님의 산을 오른다

하루 종일 비는 축복처럼 내리고
길가에 서 있는 가로수들
기도하는 성인들 같다

저녁 어스름 타고
무리 지어 날아다니는 작은 새들
잠자던 나의 꿈을 깨운다

아무것도 말할 필요가 없는
무엇이든 가능할 것만 같은
오늘

금빛 구름 위에
나를 눕힌다.

어둠은 빛으로 흐르고

낮게 드리운 태양
어둑어둑 붉게 물들은 길 위로
떨어지는 무언가의 속삭임
일렁이는 빛 속을 걸어가는 나를 본다

마지막 햇살이 실타래 무늬를 그리고 있는
미루나무 그늘, 불러보아도 대답 없는
꽉 다문 입

태곳적 고통, 버려진 것, 소외된 것, 상처 입은 것,
모든 것 품속에 품은
어둠

영혼은 몸속 깊숙이 둥지를 틀고
어둠이 자랄수록 더욱 선명해지는 세계
마치 오래된 편지를 읽듯 따스하고 아늑하다

어쩌면 우리는 커다란 어두운 상자 속에
갇혀서 살아가고 있는지도 모른다

어둠 속에서 태어난 나
어두운 시간을 사랑한다
어둠은 빛의 테두리인 것을.

콜로라도

산봉우리가 손끝에 닿을 듯한
이토록 푸르고 시린
눈 덮인 겨울 산
하늘 위를 걸어 들어가네

강한 태양은 땅에 날개를 펴고
비탈길에 눈 녹는 소리
아기 숨결 같은 하얀 작은 꽃들
뿌리부터 흔들리며 온몸으로 피어나네

축축한 그늘 등지고 비스듬히 서 있는
빽빽한 소나무들
해 질 녘
계곡을 타고 몰려오는 소똥 냄새

때때로 사슴이 그 모습을 드러내는
언제 어디서나
손주들의 웃음소리 가득 찬
낯설고 그리운 도시
콜로라도.

2부

풀꽃

거북이

섬찟했다
진흙 색 땅바닥에 납작 엎드려
토마토를 베어먹는 거북이 보았다

손바닥만 한 몸뚱이 꿈틀꿈틀
늙은 수도사 베일 벗기듯
천천히 고개 돌려 나를 올려다본다

배고픔, 외로움 무한정 쌓인 크고 검은 눈빛
어쩌다 여기까지 왔을까

축 늘어진 입에서 날름거리는 혓바닥
토마토 붉은 즙, 주룩주룩 흐른다
큰소리라도 한번 지르면
덜 가련해 보이련만

한 공기의 밥 아랫목에 묻어두고
고개 한번 제대로 들지 못한 채
이제나저제나 기다리며 사신
외로운 어머니의 얼굴 떠오른다

밥을 먹는 것처럼
신성한 행위 또 어디 있을까

바라보기만 해도 마침표가 가까운
번쩍거리는 슬픔
커다란 나뭇잎으로 덮어 주었지.

살아남은 자의 아픔

내가 돌아왔을 때
당신은 이미 거기에 없었습니다
차마 감을 수 없었던,
텅 빈 눈동자
최후의 숨결을 그대로 간직하고 있었습니다

바람 쓸쓸한 어느 가을날
소나무 그늘진 남편의 무덤 앞에서
'네 아버지는 참 운이 좋은 남자였다'
창백한 사랑을 고백하며
잃어버린 것을 잊지 않겠다고
처연해 하셨던
내 어머니!

이제는 베어 없어진 나무 위로
하얀 눈송이
하릴없이 내려 쌓이고 있습니다

삶을 채 시작하기도 전에
이미 끝나 버린
눈처럼 가벼운 당신의 생

그 흙이 만드는 연두의 깊이
닿을 수 없는 성스러운 가지여!

그 한마디

살아생전 단 한 번 운다고 하는
가시나무 새, 가슴 미어지게
처음으로 자세히 들여다보는 어머니 생애

십오 년 전 1월, 눈 내리던 날 세상을 뜨신 어머니
"수의는 칙칙해서 싫다.
나 떠나는 날, 색깔 고운 한복 입혀다오." 하셨다

그 한마디 예감의 말씀
비수 되어 심장에 와 깊이 꽂혔다

무거운 짐 거북이처럼 등에 지고
목 길게 빼고 홀로 지켜온 세월
어느 날 빨간색, 주홍색, 노란색, 초록색, 파란색, 보랏빛 나는
색색깔의 사틴 헝겊 조각조각 이어서
세상에서 가장 아름다운 거북이
손주들에게 만들어 주셨다

고통과 운명의 시간
무지개 빛깔로 물들인 것일까

또다시 새해는 오고
깎이고 깎이고 또 깎이어서
눈가루 되어 흩날리는가 이 겨울
그리운 어머니!

어느 날

놀라운 일이 벌어졌다
지구가 그 궤도를 바꾸었는가
돌연 멈추어 섰다
핀 떨어지는 소리까지 들릴 것 같은 이 적막함

예기치 못했던 일
절박한 질문들 절망과 위안
삶과 죽음
우리는 외딴 섬에서 서로서로 혼자 되어
하루가 타인처럼 지나간다

그럼에도
갈매기 푸른 바다 위를 날고
햇살을 받아 반짝이는 나무와 풀꽃들

깨어진 틈 사이로 들어오는 한 줄기 빛
열병처럼 휩쓸고 지나치는
생명의 순간

마치 삶을 무디게 했던 두꺼운 막이 치워지듯
멈추어 섰다 귀 기울여 들었다

미랜더*가 발견한 새로운 세상이 이와 비슷한 것이었을까
코로나가 가져다준 기적.

* 미랜더: 셰익스피어의 '템페스트'에 나오는 미랜더는 외딴섬에서
  아버지와 함께 살아간다.

쓰러진 나무

굵은 나뭇가지 겹겹이 하늘을 메우던
백 년도 넘은 고목
검은 폭풍 몰려왔던 10월의 마지막 날
머리 풀어 헤치고 몸부림치다
허리 꺾이고 팔다리 잘려 거짓말처럼 쓰러졌다

허공이 된 그 빈 자리
엉겅퀴, 갈대, 민들레, 검은 고사리, 녹색 덩어리
불을 붙이며 한 몸으로 엉겨 있었다

다시 봄이 오고
이끼 낀 뿌리 밑둥치에서
파릇파릇 돋아난 새순
깨알만 한 흰 꽃을 피우고 있었다

작은 씨앗 하나로
내면에 불꽃을 간직한 나무
더러는 까맣게 썩은 것들
더러는 가냘픈 숨소리
더운 입김으로 거푸집 만들어가며
가지마다 깨어서 밤을 지샌다

우람한 나뭇가지 그 사이로 주름진 하늘
언뜻언뜻 비치는 꿈을 수없이 꾸었던
그 가을.

카우아이 아일랜드

수탉 매니아
콕—어—두들—두
자지러지게 울어대는 수탉의 울음소리
에메랄드빛 계곡을 넘어
새벽을 흔들고 잠자는 나를 깨운다

울창한 정글에서 시시때때로 터지는
수탉의 절규
베드로의 가슴 아픈 고백일까
끝없는 사랑일까

언제부터인가 누군가가
내 대신 나의 삶을 살고 있다는 느낌

저렇게 소리쳐 한번 울어보았으면
성남과 떨림과
기쁨이 하나 되는 야생의 소리

백 년을 기다린 숲속
수천 송이의 흰 꽃들이
소나기처럼 쏟아져 내린다

언제, 저 푸르른 나뭇등걸 속을
열고 들어가
한 송이 꽃잎으로 피어날 수 있을까.

풀꽃

겨울의 끝 어느 아침에 만난 풀꽃
부서진 돌 틈 사이에서
수줍게 흔들리고 있습니다

은밀한 숨소리 하늘 가득히
실수로 태어난 것 같은 먼지투성이의 얼굴
높이 들어 올리고
진홍빛 가슴 번갯불 튀듯 터지고 있습니다

새들도 날아와 쪼아대지 않는
버려진 오솔길 마지막 마을
구슬픈 아픔조차 순수한
바람 부는 땅에 맨몸으로 울고 있는
아, 외로움만 안고 피어난 꽃이여

짧았던 만남
긴 이별도
대기에 흐르는 박하 향기로
풀밭에 나를 누입니다.

소나기

사정없이 쏟아진다.
낡은 처마 끝을 마구 두드려대고
저만치 달아난다

천둥 치고 회오리 일고
서로 부딪치고 깨어지면서
방울방울 물방울 되어
황토색 대지로 넘쳐흐른다

제 스스로의 힘에 취해
산으로 들로 강으로
안개 자욱한 거리로 지붕 위로
내 머리 위로
단단한 일상을 흔들고
휘파람 불듯
쏟아져 내린다.

파랑波浪 치다

굵은 빗줄기
다이아몬드 튀듯
대서양 파문을 일으킨다

넘쳐나는 물
길이란 길은 모두 바다를 향하고 있다

빗속으로 성큼성큼 걸어들어오는 여자
하늘 높이 두 팔 치켜올리고 춤을 춘다

수천 개의 빗방울
온몸으로 흘러내리며 반짝인다
마치 한 마리의 잉어가
바닷속을 헤엄치는 것같이 유연하고 아름답다

처마 밑에서 비 멎기를 기다리고 있는
나를 향해 들어오라고 손을 흔든다
"It's just a water!"라고 고함친다

방랑자의 눈부신 주술
내 안에 흥건히 넘쳐흐르는
푸른 물살

바닷가에서 만난 그녀.

비 내리는 소리

짙푸르게 무성한 나뭇잎에
내리는 빗소리
키 큰 나무들
우듬지의 고요를 건드리기도 하고
나뭇가지를 가만가만 흔들기도 한다

깊이 박혀있는 돌멩이 위로 떨어지는 빗방울
마치 내 이마를 치고 지나가듯
딱딱하게 굳었던 아픈 기억들
줄줄이 씻겨 내린다

다람쥐나 비둘기도 둥지를 찾아
제 몸을 뉘이는 아늑한 소리
높음과 낮음도 없이
열정과 욕심도 없이
얽히고설킨
우리네 소리와는 너무나 다른

조용히 울리는 너른 강과
빛나는 나루를 만드는
어느 여름날 저녁의
빗소리.

미친 봄

벚꽃
눈보라 치는 나무 밑
팡파레 울려 퍼지듯
마른 가지에 새싹이
제 몸 태워 어두운 길 밝히니

스스로 피어나는 힘
어찌 이리 황홀할 수 있으랴

모래밭에 줄지어 늘어선
새하얀 갈매기 떼
투명한 아침을 실어 나르고

가슴 조아리며 기다리던
얼어붙고 말라붙은 것들

아무 때나
아무 곳에서나
솟아오르고
터지고
광대처럼 춤추는
미친 봄이 오고 있다.

민들레

노오란 꽃
홀씨 훨훨 사방에 퍼뜨린다
불도저로 마구 가로질렀다
몸통이 반이나 잘려 나갔다
뿌리째 뽑아 던져버렸다

소나기 쏟아진 다음 날
찌부러진 몸 그대로
쓰레기더미 위에
아름다운 상실을 딛고
환한 금빛 얼굴을 내밀고 있었다

눈물겹게 짓밟힌 삶
눈에 밟혔던
그해 여름.

바다 갈매기

동트는 새벽
하얀 모래사장에 한 줄로 늘어 서 있는
바다 갈매기

외 다리로 서거나
동그마니 앉아
장밋빛으로 물들고 있습니다

모두들 매우 조용합니다
우주의 무한한 평화

머리를 스치며 지나는
날개 치는 소리
공기를 휘젓고
부수는 소리

회색과 분홍빛으로
자신의 존재를 나타내고 있습니다

잠시 잠깐 새가 되고 싶었던
이른 새벽의 바다.

나는 기다리고 있다

그 일이 일어나기만을

경이스러움의 재탄생
지금 당장 고속도로를 탈 것이라 생각했다
진정으로 발견하기 위해
블라디미르와 에스트라공*처럼
그 누군가를 애타게 기다리고 있다

갈매기 날았다
말하고 싶었다 내가 머물렀던 기간
얼마나 가까워졌는지
얼마나 놓쳐버렸는지

바라보며 서 있는 사이
저녁이 왔다

컴컴한 숲속
사과 익어가는 향긋한 냄새
꽃잎 떨어지는 소리, 스컹크의 고약한 악취
한곳에 어울려 빛 되어 흐른다

그것은 이미 여기에 와 있었다.

*블라디미르와 에스트라공: 사뮈엘 베케트의 희곡 '고도를 기다리
며'에 나오는 두 주인공

3부

푸른 언어

땅을 파다

번쩍이는 전기삽
날카로운 쇳소리 서늘하다

겨우내 언 땅
깊숙이 박아넣는다
잔디 위에 펼쳐지는 흙 부스러기
소나기처럼 쏟아지고

한 삽 푹 박아넣을 때마다
썩은 뿌리 비료 냄새 진동한다
어둠 속으로 사라진 아무것도 아닌 것들
땅벌레, 거미, 지렁이, 병마개, 걸레 조각, 잃어버린 인형
불꽃같이 일어선다

삽의 뾰족한 그 끝 바닥까지 내려가
저 깊은 뿌리에 기어이 가 닿으면
흐드러지게 활짝 피어난
숨 막히도록 눈부신 언어 하나
만날 수 있을까

바람 부는
어느 봄날의 오후.

그해, 그 가을

　끝없는 비가 내리기 시작한다 강물이 넘쳐나 제방을 터뜨리고 거센 바람 날아가 철근 담장이 휘어진다 밤새도록 철거덕거리는 문소리 창밖의 나무들 미친 듯 흔들어대더니 나동그라진다. 천둥 번개 돌멩이들 튀고 순간의 불안과 슬픔 사방으로 곤두선 눈, 튀어나온 심장소리 어디로 갈 수 있는지 비가 그쳤다 진회색 구름 새털같이 흐트러지고 뽀오얀 아침이다 파도는 가라앉고 흐릿한 수평선 위로 깃털 세운 갈매기들, 미래에 대한 더 넓은 선택, 이웃에 대한 찬사 이 모든 것이 도움이 되리라는 색다른 기쁨, 맑아진 하늘 아래 젖은 마음과 젖은 물건들을 말린다.

해

세상의 반대편에서
붉은 꽃처럼 피어오르는 저 불덩이
수직으로 내리꽂힌다

어쩌면 그리 당당할 수 있으랴
가지를 땅으로 뻗어가는 거목처럼
땅 위에 날개를 펼쳤다

해빙되는 호수의 얼음
바위틈에 피어난 풀꽃
자줏빛 뽕나무의 그늘진 가지
딱딱한 진흙 덩어리, 축축하게 늘어진 유칼립투스
우주적 진실에 다가서는 유쾌한 얼굴
연녹색의 숲길을 빛나게 어루만진다

아무것도 요구하지 않고
무작정 흘러나오는 눈부신 광채
나를 향해 오고 있다

마주 바라볼 수 없는
황홀한 빛의 축제여!

이 기쁨

커튼 사이로 비쳐드는
햇살
깊은 산속의 히말라야삼나무는
붉게 타오르고
파인애플 세이지는
향긋한 향기를 뿜어낸다

헤아릴 수 없는
이 기쁨

잠에서 깨어나 태양을 맞이하고
노래하고 춤추어야 하리
이것이 내가 존재하는 진정한 이유인 것을

바다, 강, 산, 빙하, 호랑이
앵무새, 레드 우드, 풀잎,
영겁의 우주, 지구
진화하는 불가사의를 통해
회전하는 이 모든 것들

곁은 어둠뿐인 땅속의 뿌리가 되어
꽃을 피우고 열매 맺으며 뻗어가리.

여름 축제

하얀 꽃잎 폭포수 떨어져 내리듯 흩날리고
캔버스 아래 펼쳐진
파머스 마켓(Farmer's Market)
염소 뿔 속에 넘쳐나는 꽃
에어 룸 토마토, 감자, 그린 빈, 옥수수, 사과, 오렌지
아이들과 동네 사람들 즐겁게 빛나고 있다

지푸라기 위에 흐트러져 있는
갓 따온 수박의 흙냄새
귀를 가까이 대고 두드려 본다
텅, 텅, 팅, 팅, 하는 소리
잘 익은 빨간 과육, 과즙이 흘러내린다

태양의 유혹, 격동하며 수액으로 터지는 잎사귀
유칼립투스 아침 바다가 되어 반짝이고
땅속 깊이 파묻힌 비밀스런 이야기
텅 빈 세기를 채워온
참으려 해도 터져 나오는 숨소리

공기를 휘젓고 스스로를 깨뜨리는
헤아릴 수 없는 그 무엇

싱싱한 흙냄새, 지구 위로 팽팽하게 넘쳐흐르는
이 무서운 기쁨은 무엇인가

한여름의 축제!

푸른 언어

노란 도요 물떼새의 날카로운 울음소리
대서양에 녹아 흐른다

빈 조갑지를 모으는 손주 녀석들
모래사장을 달리는 젊은이들
느긋하게 드러누워 책을 읽는 노인네들
모두가 여름 축제를 위해 모래성을 짓는다

그 옆에 동그마니 쪼그리고 앉아있는
하얀 갈매기들
떡갈나무처럼 단순하고 솔직하다

찝찔한 소금 냄새
얽히고설킨 해초 덩어리
썰물과 밀물의 소용돌이

매가 공중의 새를 낚아채듯
갑자기 용수철처럼 튀어 오른다

내 안에서
욱신거리며 솟아오르는
푸른 언어들
......
깊은 바다에 배를 띄운다.

땅끝마을

길은 끝나고 있었다
키 웨스트로 가는 교량
이름 짓기에는 너무나 많은 빛깔의 바다

하늘 아래 펼쳐지는 진홍빛 광채
차갑고, 노랗고, 따뜻한 오렌지색,
연초록 작은 잎, 거대한 잎, 움직이는 잎
맹그로브의 땅*

이 길 따라가면 푸르름이 말을 거네
녹색 잎사귀로 터질 것만 같은 입이 열리네

여섯 발가락을 가진 전설적인 고양이
시도 때도 없이 외쳐대는 야생 수탉
사람과 동물이 같은 언어를 사용했던
태초를 연상케 하는 열대의 섬

얼마나 멀리 목말라 왔는가
마법을 찾아 모여든 수천의 사람들
천 개의 바(Bar)를 돌고 도는
여름날 오후가 타고 있다

쉴새 없이 파동을 불러일으키는
남쪽의 끝, 키웨스트.

*맹그로브(Mangroves): 뿌리가 서로 엉겨서 군락으로 자라는 열
  대지방에서 자라는 나무

그리움의 테두리

떠나기에 앞서
기억의 둘레에서 흐릿해지는 것들
지금이 그리워지는 어느 날
깊은 숲속으로 들어갔습니다

어둡고 축축한 풀밭에서는
첫 비의 냄새가 났고
새로운 진흙 냄새가 났습니다

다양한 색깔의 돌들 밑에 숨 쉬고 있는
오, 얼마나 작은 이름 모를 잡초들
마음에서 버려진 채
침묵으로 피어나고 있습니다

두엄으로 코를 찌르던 유년의 날들
지나간 시간의 냄새
나를 흔들어 깨웁니다

깊어지는 눈
정적으로부터 타오르는 소리

순간의 노래, 사라지는 것들
거칠고 순수한 시간 위에 나를 눕힙니다

그 모든 것들이
아무것도 아닌 것이 되기 이전에.

다시 지구로 돌아온 새들

수많은 철새들
하나의 점 되어
텅 빈 하늘을 날고 있다

다시 지구로 돌아온 새들인가
땅을 떠난 새들인가

어두운 공기 속에서
오르고 내리고 또 오르며
쉬지 않고 퍼득대는
뜨거운 날갯짓

그들의 알 수 없는 길
들을 수 없는 소리
부화 되어 가벼이 날고 있네

말 못 하는 세상의 모든 것들이
붉게 끓어오르는
가을의 끝.

희망

어느 가을날
소리 없이 몸으로 우는 단풍나무
주변에 얽힌 흙덩어리 부수다
산딸기 보았네

새빨간 색 분노처럼 타오르고
갈쿠리 모양의 나뭇잎
여린 등줄기 속살 분지르며
축축한 공기 하늘로 밀어 올리네

깊은 땅속 훈훈한 향기
아득히 높고도 크네

희망은 언제나 무쇠도 녹이는
발효의 작은 점에서 오는
황홀한 힘.

구월은

엷어진 가을 햇살
서늘해진 바람결에
주홍빛으로 물드는 나뭇잎
구월은 온다

우뚝 선 길가의 가로수
바람에 휘어지고 부러져
고개 숙이고 줄지어 서 있다

땅과 가까워진 나무들
가슴 맞대고 사각거리며 누워있는 가을 숲
들판에는 가느다란 옥수숫대
색 바래어가고
사과 향그럽게 무르익어간다

빛났던 이름난 모든 것
익어서 수그러들고 따뜻해지고
헐거워지는 구월은
마치 모차르트의 레퀴엠을 듣는 것같이
아름답고 슬프고 거룩하다

비스듬한 황금빛 햇살
금잔화 누른 잎에 잠이 든다.

오늘 같은 날은

빨랫줄의 블라우스
어스름 저녁의 노을을 뚫고 펄럭인다

부엌 앞마당에서
이불 홑청 하얗게 펄럭이던
유년의 기억, 나를 부르고
앵두를 입안 가득 넣은
유난히 눈이 크던 어린 계집아이
마주 보며 걸어오고 있다

한시도 조용할 날 없었던 우리 집 빨랫줄
동생들의 소란스러움으로
엄마 아빠의 사랑 이야기로
젖었다 말랐다 녹았다 얼었다 했다

슬프거나 슬프지 않은 것들
말하거나 말하지 못한 것들
마지막 한 방울까지 당당하게 펄럭였던
눈물겹지만 아름다운
그 풍경 속으로
잠시 잠깐 되돌아가고 싶다

하늘과 땅 사이가 온통 새빨갛게 물든
오늘 같은 날은.

우리의 처음은 얼마나 어두웠는가

저무는 가을 해, 가난한 광선
크고 검은 나뭇잎, 일렁이는 희미한 빛줄기
하루의 여운을 남긴다

그늘 사이로
아프거나 멀거나 가깝거나 검은색
깊은 시간의 틈새
자고 깨는 삶과 죽음의 사이
불투명한 이야기 들려온다

한순간 환하고, 다음 순간 어두운
사라질 듯 이어지고 다시 사라지는
한곳에 축적되었던 삶

뼛속까지 환히 들여다보이는
눈부신 빛, 서로를 마주 바라볼 수 없다

우리의 처음은 얼마나 어두웠는가

보이지 않는 소리를 듣는 것처럼
밝은 광선
그림자 속에서 춤을 춘다.

도시의 한 귀퉁이에서

만난
진분홍색 히스의 작은 꽃
추운 겨울, 황폐된 두 건물 사이에서
뜨거운 숨을 내뱉고 있습니다

가로등에 비친 풍화된 얼굴
주름진 여인네를 연상시키고
길게 늘어진 녹색 이파리 위로
단지 모양의 머리 흔들 때마다
태양에 뚫린 그림자처럼
헤어지는
빛

가혹하리만큼 아름답습니다

제멋대로 펄럭이고
제멋대로 찬란한
너!

땅거미 질 무렵

선명한 욕망의 그림자
흑요석 같은 검은 눈동자
미루나무 가지는
오렌지빛으로 타고 있다.

짧아져 가는 햇빛
까마귀 지붕 위로 나래를 접고
집들도
거리도
바람도
사색에 잠겨있다

온갖 체취와 냄새
미세한 숨소리, 실오라기
신발 끈 하나까지

내 존재를 더욱 투명하게 해주는
어둠이 그 깊이를 더해 가는
땅거미 내리는 시간.

4부

성묘와 개미

무성한 떨림

이 늦가을
금색 천으로 짜여진
나의 나무들이
마음을 흔들어 놓고 있습니다

변덕스러운 바람에 찬란한 몸을 구부리고
진 남빛 하늘 위를
경쾌하고 무모하게 춤을 춥니다

이 세상에 시든 낙엽보다
더 희미한 자막으로 그리는
맨 가지의 무성한 떨림

영원히 사라지기 전에
온전히 살고자 하는 열망
수많은 길을 불태웁니다

모든 죽음의 비밀이
다시 삶인 곳

가을바람에
우리의 영혼이 날게 하소서.

절망을 노래하며

십일월의 차가운 햇살
산등성이에 기나긴 그림자 드리우며
빛바래 가는 계절을 재촉하고 있다

공허한 나무줄기에서 들리는 딱따구리 구멍 쪼는 소리
날개 돋인 듯 마구 떨어져 날리는
불타는 나뭇잎
온 세상을 물들이고 있다

"나처럼 떠나세요!" 단풍나무의 속삭임
야성의 바람, 풍화된 죽은 줄기, 이끼의 축축한 냄새
땅에서 얻은 것들, 땅으로 되돌리는
장엄한 서사시

모든 갈망, 그리움 조금씩 삭여가며
보이지 않는 날을 위해
안으로 안으로 깊어만 간다

내 존재에 더 가까운 노래
당신, 가을이여!

십일월

안개와 서리로 가득 찬 십일월의 숲
무겁게 내려앉은 하늘 아래
나무 썩어가는 냄새 매콤하게 코를 찌르고
가지 끝에 말라붙은 곤충
그늘 속에 잠겨 있다

금빛 바람 소리, 시간을 재촉하고
황토빛 대지에 가슴을 대고 누워있는 낙엽들
발로 툭툭 걷어차며 걷노라면
"쉿 쉿" 바스락 바스락,
생성과 소멸의 아픈 숨소리 들려온다.
숭고한 축제

죽은 낙엽, 천지에 휘날리는
회색빛 십일월이 오면
옥죄는 뭍을 떠나
바다로 나아갔다는 이스마엘*을 떠올린다.

*이스마엘: 허만 멜빌의 소설 '모비딕(Moby Dick)'에 나옴

아, 네가 가을이라면

서녘 숲속으로 들어섰다
어스름 황혼
자줏빛 하늘 아래 빽빽이 서 있는
키 큰 나무들
어두워진 녹색으로 깊어가고 있다

시커먼 웅덩이에 피어난 포도나무 덩굴
붉은 과육 피처럼 넘쳐흐르며
어둠은 만조가 되어 밀려온다

불타는 날개 달고, 마구 떨어지는
척박한 잎사귀들
상처 난 가슴으로 너를 기다린다

항상 으르렁대기만 하는 가련한 너
무엇을 더 바랄 것인가
자신에게 한 모든 일은 되돌릴 수 없는 것임을

들을 수는 없지만 울려오는
영원에 가까운 소리
하얀 서리 되어 쌓인다

아
네가 가을이라면….

석양

푸른 하늘가 저 먼 곳
꿈꾸듯 바라보던
가슴 하얀 물새들

바닷물에 머리를 적시고
모래 위로 살짝 내려앉는다

하얗게 부풀어 오르다 가라앉은
파도
작은 가지처럼 반짝이고

빨갛게 달아오른 바다
백만 개의 물보석들이
꽃봉오리 터지듯
붉은 균열을 일으키며
하나씩
하나씩
바닷속으로 추락한다

숨을 쉬듯
비쳤다 사라졌다 하는
이 긴 빛들
언덕과 나무와 어둠을 덮고
저물고 있다

나도 함께 저물어 간다.

더블린

"내가 죽으면 더블린은 내 가슴에 새겨질 것이다."
그 한마디, 귓가에 울린다
그렇게도 와 보고 싶었던
제임스 조이스의 도시, 더블린
창백하고 변덕스러운 하늘은 비를 뿌리고 있었다

6월의 짙푸른 나뭇잎들 사이로
블룸즈데이(Bloomsday) 축제가 벌어지고
가로수마다 나부끼는 플래카드

통 넓은 바지의 챙 모자를 쓴
에드워드 시대의 복장을 한 남녀들이
'율리시스'를 낭송하며
지나간 시간을 되돌리고 있었다

유럽에서 가장 가난하고 소박한 도시
그러나 시인, 극단, 북 페스티벌
푸른 빛 톡톡 튀는 언어로 가득 찬
끄슬린 창가에 작가들의 영혼이 살아 옷깃을 여미는
문학의 도시

지팡이를 짚고 서 있는
제임스 조이스의 동상
동그랗고 시커먼 안경 뒤로 감추고 있는,
유난히 깊고 쓸쓸한 그의 눈
무슨 생각을 하고 있을까
안개 자욱한 거리에는 바람이 일고 있었다.

잃어버린 나

9·11테러로 세상을 떠난
가슴 아픈 아들의 사진을 껴안고
데이케어로 센터로 오는 여인
이 사진의 남자가 누구냐고
묻고 묻고 또 묻는다

흔들리는 나비의 날개
상흔을 지우며
길 없는 길을 헤맨다

눈 속에 파묻혀버린 수많은 기억들
아무것도 보여줄 수 없는 텅 빈
나
육체가 사라지기 오래전에
스스로를 먼저 잃었다

"여기 나를 알고 있는 사람 있나요?"
절망적인 외침, 하늘을 날고
살아남기 위해 발사를 멈출 수 없는 총

존재하는 것과 존재하지 않는 것의
경계는 어디에 있는 것일까

구름, 눈, 안개, 불의 연기되어
여인은
오늘도, 어두운 신화의 강을 건넌다.

날다람쥐

어두컴컴한 침실의 창틀
그 안쪽에 매달린
날다람쥐
언제부터 우리 집안의 일원이 되었을까
밤마다 부스럭댄다

이른 새벽
상수리나무 그늘진 입구에서
발버둥치는
끔찍하게 비쩍 마른 몸

나를 향해 기어 오고 있다
겁에 질린 시커먼 큰 눈동자
절망적인 사람의 얼굴을 그대로 닮았다

나는 그것을 놓치고
;
평생 가슴 깊은 멍이 남았다

더 이상 옛날 같지 않은
나의 세상.

성묘와 개미

사랑하는 모든 것들이 사라지는
추운 계절
지는 햇살을 등에 받으며
어머니 산소를 찾았다

키보다 높이 자란 무성한 잡초들
제멋대로 바람에 흔들리고
낙엽 더미를 기어오르는 개미 떼들
단단한 땅, 숭숭 구멍 내어가며
부지런히 흙을 나르고 있었다

흩어지면 다시 쌓고
또다시 쌓는
그들의 결사적인 행진
뼈아픈 아쉬움만 쌓여가던
시뻘건 흙무더기

바람마저 흐느끼던
십일월의 어느 날.

노을

불덩이 서쪽으로 떨어지고 있다
수면에 흔들리는 금빛 바다
고개 숙인 갈매기
방파제에 몸을 누이고
해변가를 서성이던 여인
사진기를 계속 돌려가며
그 아득한 시간의 경계를 넘고 있다

언어가 없던 시절
사람들은 붉은 단풍을 들고
일몰까지 걸었다고 한다
꼭 기억해야 할 일처럼

거대한 해가 몽땅 사라지는
절대의 순간
사진기에 담을 수 없는 영혼은 어디로 가나요

퍼덕거림, 소란스러움, 위태로운 생
빈집에 촛불 밝히듯
자신의 온몸을 태우고 있는 것일까

주름진 물살 따라 조용히 하루의 강을 건너고 있다

해 떨어지는
소리 없는 소리
가장 부드럽고 밝은 빛
일몰의 시간

내 생의 노을도 그럴 수 있다면.

편지

지붕 옆 다락방 사다리를 타고 오른다
관속처럼 답답하고 캄캄한 귀퉁이
거미줄로 덮인 묵은 상자의 먼지를 털어내며
옛 편지를 꺼내 본다

50년 전 겨울, 태평양 건너 서울로 배달된 편지
'번쩍' 번개 치듯 달아오른다

시간은 미로와 같은 것
흐릿하게 남아있는 봉투의 소인
20대의 마지막, 젊음의 끝, 옳고 그름을 판단할 수 없었던
무서운 혼돈 속에서도 흔들리지 않는 열정으로
서성댔던 숨소리
아직 들리는 듯하다

수많은 낮과 밤, 비와 눈과 바람맞으며
나이 들고 바래고 닳고 낡아서
솜털처럼 가벼워진 너

나뭇가지 흔들면
우수수 떨어지는 나뭇잎으로
흩날리는 기억들 풍화되어 물들어 간다

떠나보내기 차마 아쉬운
내 투명한 여름을.

파도

얼마나 아름다운 영혼인가
소리 하나로 여기까지
나를 끌고 온
너

잠시도 쉬지 않고
부서지고 깨어지고 으스러지면서
하얀 포말을 일으킨다

방파제에 모여있는 갈매기들
해 뜨는 곳을 향해
날개를 접었다 폈다
퍼덕퍼덕하는 소리

지평선 밑으로 늘어선 포플러나무
메마른 가지 위로 솟구쳐 오르는
푸른 물줄기

오, 눈부신 파장이여

오렌지빛, 빨간빛
보랏빛으로 물결치는
파도.

사이

높푸른 하늘가 푸른 빛을 남기고
가시나무에 매달린 마지막 빨간 열매
눈부시게 투명하다

황량한 덤불 사이로 이는 서늘한 바람
떨어지고
도착하고
기다리고 다시 떨어지는
한 생애가 지나가는 무언가의 속삭임

황금빛 적막으로 가득 찬
숲속에 몸을 누인다

텅 빈 들판의 서릿발 앙상한 초목들
하얗게 몸을 떨고
지구 위에 살아남은
모든 것 위로
올해의 첫서리가 내린다.

5부

겨울 아침

푸르고 차가운 소리

대서양 앞에 섰다
한낮의 단단한 핵 갈라지고 파열된 틈으로 쏟아지는 빛
반짝이고 쪼개지고 부서진다

파도 높게 일고 소용돌이친다
무서운 기세로 떨어지는 거대한 몸체
마치 피어나려는 안간힘이 일순간도 쉬지 못하게 하듯
끊임없이 서로를 뒤쫓고 따라오며 큰 소리로 출렁인다

멀리 한 귀퉁이에 서서 바라본다
'아름답다'라고 색인표에 기록한다
아무리 절규해도 메아리 되어 돌아오지 않는
무거운 나의 말들, 사막 되어 쓸쓸하다

첨벙 뛰어들라 손짓하는 파도
파랗게 물들 것만 같은 바닷속
작은 물고기떼,
물의 무게로 비행하고 회전하고 진동 치며 지나친다
큰 물고기를 피해
미끄러지듯 해초들 사이로 숨어드는 지느러미
숨 헐떡이고 기다리는 두렵고 긴장되는 순간들

그러나
얼마나 수많은 투명한 빛들을 그들은 감추고 있는가

하늘 끝가에 가 닿은 푸르고 차가운 소리

양수 터지듯 넘쳐흐르는
어느 여름날의 바다.

눈맞춤

새벽 낚시로 낚아 올린 1피트 크기의 Dog Fish
높이 치켜들고 서 있는 남편
온 바다가 출렁인다

모래사장으로 끌고 나와
입속 깊숙이 박혀있는 미끼를
조심스레 펜치로 뽑아내고 있다

목을 축 늘어뜨리고 있는
그의 슬픈 눈동자와
어쩔 수 없이 마주쳤다

잡았다가 곧 다시 놓아주었다

수많은 Dog Fish
한 마리를 살려준다고 해서
무슨 차이가 있을까
그러나 그는 생명을 선물로 받았다
생명의 눈맞춤

태양은 청록색 바다 위로 빛을 뿌리고 있었다.

겨울 아침

앙상한 가지 끝에 피어난
흰 꽃송이

빨간 새 한 마리 날아와 앉으니
부수수 눈가루
사방으로 흐트러지네

죽은 잡초더미를 뚫고
떠오르는 태양
얼음조각 부서지며 반짝인다

백만 개의 촛불 일렁이는
겨울 숲

눈부셔라
쪽빛처럼 빛나는
어느 겨울날 아침.

저녁

어둠에 잠기는 나무들
미루나무 낮은 가지
둥글게 기울고

커다란 곡선을 그으며 날고 있는
저 갈매기
하나의 공간에서
다른 공간으로 넘어가고 있다

핏줄 번지듯
어슴푸레 깊어가는 하늘

지구의 영역 안으로
별빛 떨어지는 소리
오래되어 가라앉은 침묵의 노래

지금은
집으로 돌아가는 시간이다.

야생의 바다

끊임없이 출렁이는 바다
자신을 거스르며 일어서는
물빛
크고도 넓다

에어로빅하듯
광적으로 몸을 흔들어대는 서퍼들
태양과 바람에 노출된 채
줄무늬처럼 늘어서 있는 흰 물새들
그들의 불협화음에도 불구하고
두 눈에서는 광휘가 넘쳐흐른다

헐렁한 내 영혼을 잡아당기고
길들이는 바다

회색빛 그림자
무겁게 드리우는 날이면
돌고래 솟구쳐 오르고
수많은 생물이 생존을 위해
몸부림치는
야생의 바다로 나간다.

얼음 바다로 뛰어들다

첨벙! 첨벙!
얼어붙은 겨울 바다로 거침없이 뛰어드는 사람들
'Oh My God!' 외마디 고함소리
하늘이 산산조각 난다

'폴라 베어 플런지(Polar Bear Plunge)'
불치병에 걸린 아이들을 위한 연례행사
수천의 사람들이 각지에서 대서양 해안가로 모여든다

사시나무 떨듯 방금 바다에서 나온 중년 여인
무지갯빛으로 흐르는 물방울, 얼굴 환히 웃으며
'암에 걸린 남편을 위해서'라고 말한다

불필요한 곁가지
하나하나 모두 떨어뜨린 채
알몸 하나로 우뚝 서는
생명의 축제
나를 비우는 모험이다
누군가에게 사랑한다는 준열한 고백이다

죽은 자의 시선처럼
얼어붙은 바다 위로
갈매기 큰 획을 그으며 날아간다.

대서양에서

차가운 달은 썰물을 저 멀리 끌고 갔습니다
검은 바위 너머 녹색, 호박색, 금색으로 표류하는 물결
울음같이 밀려가고 쳐들어오는 물수리
청동기시대 트럼펫

그날 밤, 물 위를 걷는 꿈을 꾸었습니다
죽음의 소용돌이 속으로 뛰어드는 스카이다이버
빛의 큰 낙하산이
그의 머리 위로 펼쳐질 것인가

물거품은 모래언덕과 나무를 덮었습니다
단단한 핵이 갈라지고
죽거나 죽어가는
물고기의 아가미처럼 크게 열린 모공

어두운 물속에서 깨어났을 때
아침햇살에 금빛으로 일렁이는 방파제
파도 소리에 씻기고 있었습니다

마치 푸른 파도가 시간을 전하고
그 후의 시간을 상상할 수 있는 것처럼
하룻밤, 새봄의 정령이
마법에 걸린 꽃봉오리에서 향기로운 꿈을 꾸듯
춤을 춥니다

생존의 노래를 부릅니다.

물 위에 떠 있는 방

하얀 포말을 일으키며
터번을 쓴 투사처럼
침실 안으로 마구 들이닥치는 파도

대서양 앞의 나의 방은
물 위에 떠 있다

검은 고무 옷을 입은 서퍼들
천길 깊은 물 속으로 뛰어들고
금빛 수술 달린 모자를 쓴
빨간 머리 소녀
물보라 일으키며 쏜살같이 보드워크를 달린다

새벽 갈매기 줄지어 날고
검은 바위 위로
쉴새 없이 파도치는 소리

나는 별을 만지기 위해 무릎을 꿇었다

깊고 깊은 조수 웅덩이에서
깨어나
더 이상 돌아오지 않을
새날을 맞는다.

그날, 그 순간

피어나기를 기다리는 늦여름 장미로
내가 모르게 서 있는 동안
몸 안에 피어난 곰팡이꽃

하얀 보에 싸인 침대 위에서 숨어드는 말소리
"괜찮겠죠?" 선생님, "반반의 찬스입니다."
유태인 의사의 빠르고 낮은 목소리
귓가에 감겨오는 흰옷의 떨림

불안, 초조, 공포, 체념, 기다림
영원을 살기를 바라는 사람은 없지만
언제나 벼랑에서 나를 끌어올려 주는
그 기적을 믿기로 했다

사각사각 쇳소리 깊은 잠에 빠져들었다
얼마나 시각이 지났을까
"약 먹을 시간이에요"
나를 깨우는 알콜 냄새
회색빛 건물 위로 새벽 동이 트고 있었다

쓰레기차 물뿌리는 소리
출근하는 차들의 경적소리 들려오고
섬광처럼 빛났던 그 날
그 순간.

소리치며 피는 꽃

먹구름 하늘을 덮은 어느 여름날 오후
박물관에서 만난 그녀의 초상화
삭막한 사막을 배경으로
온몸에 못이 박힌 채 눈물을 흘리고 있다

모든 감각을 사로잡는 강렬한 저 색상
떨림이 그림의 표면을 흔드네
부서진 몸 조각, 쇠로 된 코르셋에 조이고
등을 대고 누운 채
천정의 거울에 비친 자신의 모습을 그리다
찬란한 그림이 된 여자

바람둥이 남편의 얼굴, 문신처럼 이마에 새기고
네 피로, 네 날개를 칠해 빛 속을 날았네
캔버스 위에 흐르는 고통의 서사시
'인생이여, 만세'를 수박에 새기고
마지막 외출을 했다

절망에 날개를 달고 낙원의 새가 된
자유로운 영혼
영원히 소리치는 꽃
프리다 칼로.*

*프리다 칼로: 멕시코의 초현실주의 여류화가

잃어버린 시간을 찾아서

잔설이 흩날리는 2월의 아침
저 멀리 탁 트인 공간
펄럭이는 빨래들

차가운 하늘 아래
가라앉고 부풀고 튀어 오르고
끌어안으며 퍼득퍼득

무엇이 이리도 따스할까
사람 사는 일

먼 시간
희미하게 색바랜 사진발을 묶는다
춥고 적막한 거리
두레박으로 우물 퍼 올리는 소리,
빨갛게 얼어붙은 곱은 손
햇빛에 내 말렸던
가난이 숙명처럼 빛났던 순간
과거가 실제로 피어나는 지금

나는 잃어버린 시간을 찾아.
길을 떠나는 마르셀 프루스트*를 닮았다.

* 마르셀 프루스트: 불란서 작가, 마르셀 프루스트의 소설 제목 '잃
  어버린 시간을 찾아서'

뉴올리언스

블랑쉬 뒤부아*가 탈출을 꿈꾸던 땅
그 가을은 달콤한 치커리 뿌리 커피
쟈스민의 강렬한 향기, 튀긴 새우
그리고 디젤연료의 기름 냄새가 함께 흐르고 있었다

목화를 재배하던 오래된 골목길
잃어버린 영혼들의 회칠한 묘비가
살아있는 사람들을 떠오르게 하는
추억의 수레

작은 시골 교회의 우울한 제단처럼
흐릿한 촛불 아래 울려 퍼지는
Preservation Hall의 흑인영가
혈관의 피가 끓어오르고
어두움 속에 웅크리고 있던 사람들
문을 박차고 거리로 뛰쳐 나간다
소리를 지른다 춤을 춘다.

연소되기 쉬운 불안한 매일의 삶이
보름달처럼 환하게 부풀어 오르는
축제의 도시, 뉴올리언스.

* 블랑쉬 뒤부아: 테네시 윌리암스의 희곡, '욕망이라는 이름의 전
  차'에 나오는 여주인공

떠나 온 집

그 여름날 아침은
새 둥지의 아기새들이
새파란 알을 깨고 나오고 있었다

오래된 거리
오래된 나무 옆에 있는
오래된 집

미루나무 사이로 흔들리는
무성한 푸르른 잎사귀들
싱그러운 바람을 몰고 오던
투명한 여름날
하늘 높이 펄럭이는 빨래
추억을 불러오고

겨울 햇살
하얀 무늬로 일렁이던 서재
음악을 듣고 함께했던 순간
도토리 떨어지는 소리
붉게 타오르는 가을 숲을
헤엄쳐 다니던 다람쥐들

어느 무엇과도 바꿀 수 없는
결코 잊지 못할
소중한 날들
누군가에게 말하고 싶었다

얼마나 너를 놓치고 살았는지
벌써 10년 전의 일이다

내가 떠나 온
초록빛 옛집.

시인의 말

서리 덮인 나뭇가지들 사이로 반짝이는
하루의 첫 빛줄기
투명한 새벽이 깨어나고 있다.

경이로운 세계
날개치는 신비한 소리
나를 부르고
무수한 시간들 속에서
어쩌면 버려졌을지도 모를
낯선 것들이 고개를 든다.

그토록 기다렸던
너

지금이 그리워지는
어느 날.

이춘희 시집

지금이
그리워지는
어느 날